Gorge Profonde (BDSM)

Collection de domination érotique

Erika Sanders

Gorge Profonde
(BDSM)

Erika Sanders

Collection de domination érotique

Synopsis

Juliette est une enquêteuse qui pour résoudre ses affaires n'hésite pas à enfreindre un peu les règles si nécessaire.

Sa sœur Barbara l'engage parce qu'elle a un problème de chantage sexuel dans son entreprise.

Elle veut que Juliette trouve des vidéos BDSM compromettantes et les supprime.

Juliette au moment de supprimer ces vidéos est envahie par la curiosité et commence à les reproduire.

En eux, il voit sa sœur dans des actes sexuels BDSM qui commencent à l'intriguer ...

Gorge Profonde (BDSM) est un roman à fort contenu érotique BDSM et, à son tour, un nouveau roman appartenant à la collection Erotic Domination, une série de romans à forte teneur en BDSM romantique et érotique.

(Tous les personnages ont 18 ans ou plus)

Remarque sur l'auteure

Erika Sanders est une écrivaine de renommée internationale, traduite dans plus de vingt langues, qui signe ses écrits les plus érotiques, loin de sa prose habituelle, de son nom de jeune fille.

Indice

GORGE PROFONDE (BDSM)
ERIKA SANDERS

PRÉFACE

QUELQUES ANS AVANT

Tout a commencé lorsque le directeur d'une grande société de presse a fait une offre très simple lors d'une cérémonie:

«Venez à mon bureau», dit-il. «J'adorerais discuter de certaines opportunités commerciales avec vous.»

Barbara sentit qu'elle flottait au-dessus des nuages.

Après avoir passé la nuit à côtoyer des célébrités et des politiciens lors du somptueux gala, c'était sûrement sa chance de décrocher un emploi à plein temps dans le monde des nouvelles par câble.

"Ce serait incroyable," répondit-elle, étonnée.

"Allez, alors. Vous avez probablement entendu dire que nous sommes en train de penser à concevoir un nouveau spectacle en direct et que nous recherchons de nouveaux visages."

Au cours de la dernière année, il avait fourni une analyse juridique pour cette société sur certains des programmes les mieux notés.

Sur Twitter, il semblait aimer son analyse.

Et dans cette entreprise, les femmes devaient être belles et bien parler pour réussir.

Les cheveux blonds de Barbara, son esprit vif et son nez guilleret lui ont donné tous les ingrédients d'une star de la télévision.

«J'aimerais ça», dit-il avec son sourire de grande qualité, conservant son attitude professionnelle mais amicale.

L'offensive de charme des dirigeants était à son apogée et ils ont quitté le parti pour discuter de choses en privé.

Le bureau n'était pas loin.

Ils ont traversé la rue, elle dans sa robe glamour et lui dans son élégant smoking.

La conversation était informelle et coquette, comme s'ils étaient à un premier rendez-vous plutôt qu'à un entretien d'embauche.

Une fois arrivés à l'étage exécutif, Barbara a estimé qu'elle était entrée dans un monde où des négociations d'un million de dollars se déroulaient régulièrement, un lieu où les carrières étaient faites ou détruites.

Mettant son visage de poker parfait, elle était déterminée à masquer ses nerfs.

Le bureau principal était inhabituel.

Il a été conçu et meublé pour ressembler à une maison confortable.

Il y avait des canapés en cuir et des armoires en bois.

Il y avait des livres sur les étagères et des photos sur le mur.

Les murs étaient de couleur sombre et il était facile de se sentir détendu.

Après avoir versé quelques verres de scotch, le chef se tenait côte à côte avec Barbara devant une grande fenêtre donnant sur la ville.

Là, ils ont discuté de leurs ambitions, espoirs et rêves.

Alors qu'il répondait honnêtement à ces questions, elle était encouragée qu'il semblait reconnaître qu'elle était plus qu'un beau visage.

«Passons aux choses sérieuses,» dit-il en se penchant près de son oreille. "Vous êtes une femme très intelligente et je suis sûr que vous avez déjà découvert comment fonctionne cette entreprise."

Elle haussa un sourcil.

"Oh? Et comment ça marche?"

"Eh bien, vous savez, les belles femmes comme vous ne se rendent pas au siège de présentatrice de mon entreprise à moins qu'elles ne coopèrent."

"J'ai toujours été un joueur d'équipe", a répondu Barbara.

Il a montré un sourire charmant.

"Tu sais ce que je veux dire, non?"

"Oh oui?" elle a ri. "Pour vous et pour qui d'autre?"

Barbara savait exactement à quoi le patron faisait référence, car elle avait entendu les rumeurs.

Elle avait supposé que la plupart de ces rumeurs étaient de pure rumeur, du moins il lui semblait donc qu'elle pensait que le patron utilisait ces rumeurs pour la taquiner.

Elle essaya de rire, espérant que c'était un malentendu.

Néanmoins, il est resté sérieux sur la question.

"Tout le monde en politique et dans les médias a son ami. Voilà comment cela fonctionne. Et si cela se produisait, je pense que vous seriez une personne parfaite. Vous avez toutes les qualités que je recherche chez une femme."

Elle déglutit.

"Et que devrais-je faire?"

"Si vous voulez jouer avec les grands garçons, vous devez jouer selon nos règles. Vous devrez peut-être faire une fellation de temps en temps."

Comme elle était une femme qui aimait sucer des bites, c'était une proposition intéressante.

Mais il n'avait encore jamais mêlé affaires et plaisir.

Avec sa soumission finale à l'horizon, il ne s'était jamais senti aussi en conflit.

"Vous plaisantez," dit-il prudemment.

"Est-ce que cela vous met mal à l'aise?"

"Vous êtes un homme vraiment charmant, mais j'ai toujours compté sur le pouvoir du mérite pour le travail accompli. J'ai travaillé très dur toute ma vie."

«Vous ne pouvez pas être aussi naïf», questionna-t-elle. «Je suis sûr que la plupart de vos patrons ont essayé de vous baiser. Et probablement certains de vos patrons aussi.

"Je sais. Tu as raison. Est-ce ce que tu essaies de faire maintenant? Essaye de me baiser?"

Il hocha brièvement la tête.

"Pour être honnête, j'aime être dominant. Mais je suis aussi extrêmement généreux envers mes employés. Je peux faire de vous la star que vous avez toujours voulu être, parce que vous avez ce potentiel. Avez-vous déjà participé à des activités BDSM?"

"Jamais," répondit-elle, essoufflée.

"Craintif?"

"On ne m'a jamais demandé cela auparavant. Cependant, je serais ouvert à cela, mais avec la bonne personne."

«D'après ce que je sais, vous avez toujours été une femme hétérosexuelle», dit-elle. "C'est bien. Mais il n'y a rien de mal avec l'omelette. Et j'adore présenter et former les femmes à mon style amusant."

Le rythme cardiaque de Barbara a augmenté à l'idée d'être «entraîné».

C'était une offre alléchante, d'autant plus qu'il semblait avoir de l'expérience.

Elle prit une profonde inspiration.

"Tu me fais rougir maintenant."

Ils se faisaient face.

Le chef la regarda profondément dans les yeux, comme s'il planifiait son prochain mouvement.

Le patron s'est éloigné d'elle et a ouvert un tiroir de bureau.

À l'intérieur se trouvaient toutes sortes de jouets; pagaies, fessées, vibrateurs.

L'ambiance dans la pièce a changé lorsqu'il a pris une laisse attachée à un collier en cuir.

"Es-tu une bonne suceuse de bite?" demanda-t-il impassiblement, tout en tenant les jouets.

Elle déglutit.

"Oui, je le suis. J'adore le faire."

"Avez-vous un réflexe nauséeux en le faisant?"

«Normal», admit-il.

"Eh bien, je vais devoir mettre vos compétences orales à l'épreuve. Après tout, c'est un trait très important pour tout présentateur, vous ne pensez pas?"

Pendant les quinze minutes suivantes, Barbara était à genoux alors qu'elle le suçait après qu'il eut fixé le collier autour de son cou.

Il ne s'était jamais senti aussi impuissant que maintenant lorsqu'il sentit la sangle que son patron tenait fermement.

Lorsque sa grosse bite entra dans sa bouche, tout ce qu'elle pouvait faire était d'accommoder la circonférence alors qu'il commençait à la sucer.

En guise de démonstration de maîtrise, de temps en temps, il tirait fermement sur la laisse.

Si l'objectif était de tester son réflexe nauséeux, elle était déterminée à réussir ce test.

À la fin de l'acte sexuel, l'ancienne apparence glamour de Barbara avait complètement disparu.

Son mascara coulait sur ses joues à cause des larmes qui venaient de la nausée.

Son rouge à lèvres était taché et il y avait des gouttes de lait blanc sur son menton, qui avaient suinté autour de sa bouche.

Barbara baissa la tête pour lui faire retirer la sangle.

Cela avait été à la fois exaltant et humiliant.

Se sentant confuse, elle ne savait pas comment réagir après un moment comme celui-ci.

C'était certainement un nouveau territoire.

Le doigt du chef souleva son menton et ils se regardèrent dans les yeux.

Elle est restée à genoux, la bite mouillée du patron pend toujours devant son visage.

"Ne parlez de ça à personne," dit-il avec un sourire narquois. "Mais tout a été filmé. J'aime avoir tout le pouvoir. J'ai attiré votre attention, n'est-ce pas? Maintenant, parlons affaires?"

Barbara haleta, avant de mettre un faux sourire sur son visage.

CHAPITRE 1

Après trois semaines d'enquête et de surveillance diligentes, Juliette était en mouvement.

Fini ses propres cheveux bruns en désordre.

Maintenant, elle était blonde.

Sa garde-robe auparavant simple avait été remplacée par une robe sexy, accentuant les formes de son corps.

Peu de personnes connues de sa vie personnelle l'auraient reconnue.

Elle pourrait être tout ce qu'un client a besoin d'elle.

Ressemblant au sien, personne n'osait remettre en question ses véritables motivations alors qu'elle se présentait au bureau de sécurité du hall sous un faux nom.

Et toute inquiétude résiduelle qu'elle avait de se balancer à moitié dans ses nouveaux talons avait disparu.

Elle avait déjà maîtrisé ces talons hauts et remarqua en fait quelques yeux errants sur ses jambes.

Il y eut le puissant clic de ses talons sur le carrelage alors qu'elle se dirigeait vers l'ascenseur.

Oh oui, elle était arrivée.

* * *

Après avoir atteint l'étage approprié, il descendit le couloir vers un endroit qu'il n'aurait jamais pensé visiter.

En passant des stagiaires occupés, des employés qui se courent les uns sur les autres et des femmes intelligentes et sexy se préparant à leurs apparitions à la télévision, Juliette a réussi à se fondre les unes dans les autres.

Au coin de la rue se trouvait le vestiaire.

À l'intérieur, elle a vu sa sœur aînée séparée des autres, assise devant un miroir alors qu'une équipe de stylistes finissait de travailler sa magie.

Comme toujours quand elle la voyait après un moment, Juliette était étonnée de la beauté de sa sœur aînée.

Cela faisait des années qu'ils ne s'étaient pas exprimés en personne.

Ils avaient toujours été séparés car leur drame familial gardait un espace entre eux.

Mais à la fin, la famille est la famille et elle s'est sentie obligée de faire n'importe quoi pour sa sœur aînée.

Elle frappa à l'encadrement de la porte pour attirer son attention et les stylistes la regardèrent avec une légère curiosité.

Après un moment, sa sœur aînée s'est adaptée au nouveau look de Juliette.

Barbara fit un signe aux assistantes maquillage et garde-robe.

"Nous avons terminé. Donnez-nous un peu d'intimité."

Les employés ont fui leur patron exigeant, laissant les sœurs seules.

"Surpris de me voir ?" Demanda Juliette en entrant dans le vestiaire et en fermant la porte.

«En fait, je le suis. Cela m'étonne que tu ne ressemble plus à un garçon manqué. Tu me ressemble beaucoup maintenant, dans cette robe et ce maquillage. Et ces talons. Mon Dieu, je ne t'ai jamais vu comme ça.

«C'est presque poétique qu'on se retrouve dans une loge, tu ne trouves pas ?

"Je suis désolé pour tout," répondit Barbara. "J'aurais aimé que les choses aient été différentes entre nous. Peut-être qu'après tout ça, nous pourrons ..."

Juliette est intervenue.

"Nous pourrons régler nos différences la prochaine fois. Je suis ici pour faire un travail et je dois garder la tête en place. Je n'ai jamais rien fait de tel auparavant. Jamais. Et c'est juste parce que nous sommes une famille."

"Merci. Vous serez largement récompensé pour votre travail."

"D'après ce que j'ai lu sur vous dans les tabloïds, je m'attends à un taux sérieux. On dirait que vous avez reçu plusieurs offres impressionnantes d'autres réseaux câblés."

"Si vous pouvez m'aider, tout ce que vous avez à faire est de dire votre taux."

Juliette hocha la tête.

"Un ami a pu obtenir les codes de sécurité et la disposition du sol. C'est définitivement faisable."

"Quels amis vous avez."

"Vous avez besoin d'une équipe pour faire ce genre de travail," répondit Juliette. «Y a-t-il autre chose que j'ai besoin de savoir? Vous a-t-il déjà menacé ouvertement? Si je fais cela, soupçonnera-t-il que vous étiez impliqué?

Barbara secoua la tête.

"Pas question. Il ne m'a jamais, tu sais, menacé ou quoi que ce soit. Ce sont juste des indices et des insinuations en ce moment. Il sait que je soumets des CV et je veux sortir d'ici. C'est à ce moment-là qu'il fait des commentaires sournois sur notre petite collection de vidéos et. .. eh bien ... vous voyez l'idée. "

"C'est du chantage".

"Appelez ça comme vous voulez".

"Est-ce que cela arrive aussi à d'autres femmes de cette entreprise?" Demanda Juliette.

Barbara a failli rire.

«Il m'a dit une fois que les jolies femmes comme moi ne passent pas à l'antenne sans renoncer à quelque chose en retour. Et je sais avec certitude que beaucoup de femmes sont ses« putains de jouets », comme il l'appelle. Dès que le chantage sort, personne ne fait un autre pas. Ils ont peur après avoir découvert que leurs moments les plus intimes avaient été enregistrés à leur insu. "

Avec son œil vif, Juliette remarqua une légère série de lignes sur le côté du cou et des épaules de sa sœur.

Il a coiffé les magnifiques cheveux blonds de Barbara en arrière et a exposé les marques.

"C'était consensuel, j'espère," dit Juliette, avant de toucher doucement les lignes.

Barbara a soulevé ses cils.

"C'est toujours consensuel."

Après avoir étudié le comportement humain tout au long de sa vie adulte, Juliette a lu le langage corporel et le ton de sa sœur.

Elle hésitait à demander, mais voulait vraiment savoir.

"Tu aimes coucher avec lui?"

"Oui," dit Barbara sans hésitation. «Vous avez toujours été une petite sœur curieuse. Je suis sûr que vous comprendrez bientôt. J'aurais aimé que vous ne l'ayez pas fait, mais je sais que vous le comprendrez.

"Je vais devoir regarder certaines des vidéos. Je ne vais pas effacer tout son disque dur. Juste les choses que vous voulez que je jette."

Je vais essayer de ne pas être gêné par tout cela.

"Je garde des secrets pour vivre," répondit Juliette.

"Merci. Alors, comment allez-vous faire?"

Juliette fouilla dans son sac et en sortit un smartphone d'apparence ordinaire.

Il l'a tendu à Barbara pour qu'elle l'examine.

Après avoir allumé l'écran, un code crypté est apparu, indiquant clairement qu'il était loin d'être un téléphone normal.

«C'est le genre de chose que les espions utilisent,» dit Juliette, dans un murmure conspirateur. "Je vais le brancher sur votre disque dur et effacer tout ce qui est incriminant. Quoi qu'il en soit, s'il est utilisé pour quelque chose de plus fort que d'enregistrer des femmes en train de faire l'amour, alors votre ordinateur plantera. Comme je l'ai dit, je ne fais ça que parce que c'est vous."

Barbara a montré son sourire primé.

«Je ne savais pas que j'avais une technique nerdy sexy sur ma sœur. Merci beaucoup. Vous sauvez la vie.

"Ne me remercie pas encore Barb. C'est un travail risqué. Et gardez à l'esprit que cette technologie m'a coûté une fortune, alors j'espère que vous me payez bien."

«En juillet, une fois que j'accepte ce contrat avec une autre entreprise de câblodistribution, vous pouvez vous permettre de partir en vacances pendant un an. Faites-moi confiance.

Se rendant compte qu'elle devait faire son travail, Juliette regarda l'heure.

Oui, il était temps d'agir.

"Je dois y aller," dit Juliette. "La fenêtre d'opportunité est sur le point de s'ouvrir."

Malgré leur longue période d'éloignement, leurs liens de fraternité sont restés.

Et se donnant des adieux nerveux, ils étaient déterminés à remporter la victoire.

CHAPITRE 2

Le bureau de Stevens était à l'étage exécutif.

Comme prévu, plusieurs autres femmes discutaient dans le hall, toutes habillées de manière professionnelle.

Même si elles ressemblaient à des femmes d'entreprise, elles avaient en fait été embauchées à d'autres fins.

Assise dans le couloir, Juliette se mêlait à toutes les autres femmes.

Elle se sentait nerveuse et excitée dans l'environnement.

Le moment venu, deux grands hommes en costumes noirs sont venus et ont expliqué à tout le monde que le processus se ferait de manière ordonnée.

Les femmes se sont alignées et l'un des agents de sécurité a brandi un presse-papiers pour vérifier leurs noms.

Juliette se tenait à la fin de la file et savait que ce serait tout un défi.

Mais elle était prête.

C'était une femme pleine de ressources, elle avait toujours des alternatives.

Quand ce fut son tour, elle se tint discrètement devant les deux hommes imposants, qui semblaient indifférents à l'une des belles femmes.

"Nom?" demanda l'homme sans expression, les yeux sur la liste.

«Karen».

L'homme regarda la liste puis la regarda.

"Votre nom n'est pas ici. Avez-vous un autre pseudonyme?"

"Hmm ... Je savais que cela arriverait. Mme Andrea m'a ajouté à la dernière minute. Tu ne peux pas faire une exception? Tu peux l'appeler si tu veux."

"Je ne peux pas faire ça," dit l'homme d'un ton sérieux. "Vous êtes sur la liste ou pas."

Juliette a feint la déception et a parlé d'une voix féminine:

"Et cette pièce d'identité? Elle semble fonctionner partout."

Discrètement, il souleva le devant de sa jupe et utilisa son pouce pour accrocher sa culotte.

En tirant vers le bas, elle a révélé une chatte fraîchement rasée.

C'était son plan de secours, un plan qu'il espérait éviter d'utiliser, juste pour de rares instants, mais il savait que cela fonctionnait lorsque l'homme au visage de pierre se mit soudainement en colère et resta bouche bée.

"Cela semble être une excellente identification", dit-il avec un signe de tête. «Allez-y, Miss Karen.

"Comme il est chevaleresque de sa part," flirta-t-elle en entrant.

* * *

L'épisode de l'exposition de sa chatte a mis Juliette mal à l'aise, mais elle était prête à contourner les règles à la recherche de justice.

C'est ce qui a fait d'elle une enquêteuse privée si réussie.

Le groupe de femmes a été dirigé vers différentes pièces où plusieurs hommes attendaient.

Aujourd'hui, c'était une sorte d ' « audition », des avantages dont la direction se sentait en droit de profiter.

Observant subrepticement la situation, il attendit que la dernière femme se glisse dans une pièce avant de s'enfuir sans se faire remarquer.

Dans ses talons hauts, c'était un mouvement impressionnant.

En raison des travaux de son enquête, elle savait que la secrétaire de Stevens ne serait pas présente à ce moment de peur d'être témoin de la débauche.

Alors Juliette est allée au bureau principal et a entré le mot de passe secret.

Avec ce mot de passe, la porte s'ouvrit, alors il entra discrètement sans faire de bruit.

C'était le domaine de Stevens, l'endroit où le chef d'entreprise faisait ses affaires et faisait l'amour.

Plus important encore, c'était là que se trouvait le disque dur.

S'arrêtant un instant, elle savoura la sensation d'être seule dans le bureau du patron.

Il a prospéré dans des emplois à haute pression comme celui-ci et a trouvé le risque exaltant.

Il a été surpris que le bureau ait l'apparence d'un appartement de luxe.

C'était très accueillant.

Le temps presse et elle est allée directement à l'ordinateur.

Après avoir allumé l'écran, il a vu qu'il était protégé par mot de passe, comme il l'avait déjà anticipé.

Elle a fouillé dans son sac et a branché le smartphone modifié sur l'entrée USB de l'ordinateur.

Succès.

Protection couchée.

En feuilletant les fichiers, Juliette s'est rendu compte qu'elle avait désormais accès à toutes les informations privées de Stevens.

Elle a immédiatement su que cet ordinateur était connecté à tout un réseau de caméras cachées situé à cet étage.

Il cliqua sur l'un d'eux et fut surpris par ce qui se passait dans une autre pièce au bout du couloir.

Deux femmes flirtaient avec un homme et elles semblaient avaler à tour de rôle un gode.

Dans une autre pièce, trois femmes avaient baissé leur culotte et il semblait qu'elles partageaient un vibromasseur.

Éteignant les caméras, il est retourné à la recherche des fichiers informatiques.

Et il a rapidement trouvé ce qu'il cherchait.

Fils de pute, se murmura-t-elle.

Il y avait des dossiers pour plusieurs des meilleures présentatrices sur le net, ainsi que quelques autres personnes qu'elle reconnaissait.

Ce qu'ils avaient tous en commun était l'apparence d'une fille puissante: des sourires éclatants, des jambes frappantes, des cheveux glamour et un grand sex-appeal.

Juliette a débattu avec elle-même de ce qu'il fallait faire ensuite.

Son côté le plus pervers l'a emporté à la fin et elle a cliqué pour ouvrir un dossier appelé «Barbara».

Le dossier de sa sœur.

CHAPITRE 3

Elle a regardé l'enregistrement le plus récent, qui montrait sa sœur aînée parfaitement soignée et prête à participer à son émission de l'après-midi.

Le haut de la robe de Barbara était haut et serré à sa taille.

Alors qu'elle était allongée face contre terre sur le bureau du patron, il la baisait par derrière.

Dans sa main, elle a tenu un petit fouet et a fermement fouetté le dos de Barbara.

Si elle jouait l'audio, Juliette était sûre qu'elle entendrait des cris de douleur et de plaisir.

On aurait dit que le patron baisait Barbara dans le cul.

"Sale salope," marmonna Juliette pour elle-même avec un sourire. « C'est ainsi que vous avez ces marques sur le dos.

Incapable de résister, Juliette a cliqué sur une autre vidéo.

Cette fois, il vit sa célèbre sœur aînée agenouillée, tenue par un collier en laisse.

Un homme costaud, qu'elle a reconnu comme le gardien de sécurité plus tôt, tirait en laisse pendant que Barbara déglutissait profondément, et entre deux halètements, suçant un autre homme, qui semblait être un cadre supérieur.

La partie surprenante, ou pas si surprenante, était que, à la fin, après que les deux hommes eurent rempli sa bouche de sperme, Barbara sourit et sembla ravir leur attention.

Avec un sourire rempli de sperme, on aurait dit qu'elle avait plus tard bavardé gentiment avec les hommes.

Les soupçons de Juliette ont été confirmés.

Elle savait qu'il y avait une raison pour laquelle sa sœur ne voulait pas qu'elle voie ces vidéos.

Ce n'était pas seulement que les sex tape existaient.

Au fond, elle pouvait voir que Barbara était devenue un véritable produit BDSM, malgré le chantage.

En vérité, Juliette aussi.

C'est pourquoi elle ne pouvait pas être en colère contre sa sœur.

Elle avait beaucoup d'expérience avec les relations sexuelles brutales pendant sa jeunesse, lorsqu'elle a été promue détective dans la police.

Le travail avait ses mauvais moments, et le sexe était quelque chose qui a enlevé l'anxiété et l'a adoucie.

Pour elle, le sexe brutal était meilleur pour soulager le stress que la drogue ou l'alcool.

Elle a fermé la vidéo de sa soeur en train de sucer une bite et a envisagé d'en regarder une autre.

Mais plus elle restait longtemps, plus elle avait de chances d'être prise.

J'avais l'intention de rendre un immense service aux femmes de cette entreprise en supprimant les fichiers et en verrouillant tout le mainframe.

Le patron méritait de ne rien avoir.

Il s'arrêta lorsqu'un dossier appelé « Power » attira son attention.

Qu'est-ce que ça pourrait être ?

Pour un homme comme Stevens, cela devait être quelque chose d'extrêmement salace.

Le côté curieux de Juliette l'a emporté et elle a rapidement jeté un coup d'œil.

Il y avait une liste de noms de famille dans le dossier, dont certains qu'il reconnaissait.

Ils étaient des politiciens éminents à tous les niveaux de gouvernement.

Cela ne pouvait pas être ce qu'elle pensait que c'était, n'est-ce pas?

Il a cliqué sur un nom reconnaissable, qui semblait être le nom de famille du procureur de la ville.

Une vidéo a été diffusée, qui ressemblait à un enregistrement secret réalisé dans une chambre d'hôtel luxueuse.

Son soupçon a été confirmé, il s'agissait du procureur, sur vidéo, d'avoir des relations sexuelles avec ce qui semblait être une escorte féminine.

Le procureur a été ligoté alors qu'ils lui exécutaient des actes sexuels humiliants.

"Oh mon Dieu," haleta-t-elle, réalisant qu'elle venait de tomber sur un fichier de chantage.

«Qu'est-ce que c'était pour ça? Allait-il jamais être utilisé? Quelque chose était-il utilisé maintenant? » Se demanda-t-elle.

Bien qu'il n'ait parlé à personne dans la police depuis de nombreuses années, cette information devait être transmise à ses anciens collègues.

Mais elle avait un gros problème.

Entrer par effraction dans un bureau et pirater un ordinateur est illégal sans mandat.

Il savait que le meilleur moyen serait de faire une copie de tout ce matériel et de le transmettre anonymement à ses anciens collègues.

Quelqu'un saurait quoi en faire.

Malheureusement, elle ne transportait aucun équipement pour en faire une copie, ce qui signifiait qu'elle devrait revenir demain et terminer le travail.

Juliette a débranché son appareil et l'a remis dans son sac.

À l'aide d'un mouchoir en papier, il a nettoyé le clavier.

Avant de quitter le bureau, il ferma les yeux et prit une profonde inspiration.

Elle avait fait de nombreux sacrifices et avait traversé de nombreuses difficultés dans la vie.

Serait-ce vraiment pire?

Elle savait qu'elle le regretterait.

Avec ses pulsions sombres, elle déchaînait un côté d'elle-même qu'elle souhaitait pouvoir enfermer pour toujours.

Mais ce serait pour le plus grand bien.

Juliette ouvrit la porte et s'assura que le rivage était dégagé avant de quitter le bureau du patron.

Pour rentrer demain dans cet appartement, elle devrait passer un des tests et être « initiée » dans le groupe des compagnons.

Je ne reverrais plus jamais ces gens.

Une fois qu'elle a laissé tomber son déguisement, ils ne la reconnaîtraient jamais.

Alors cela aurait valu le sacrifice.

CHAPITRE 4

La salle de sexe oral semblait la moins intrusive, car elle n'aurait pas à enlever aucune partie de son corps.

Comme sa sœur aînée, elle a eu la chance de pouvoir enfoncer une bonne bite dans sa gorge sans avoir à vomir.

S'il pouvait le faire une fois devant un groupe d'étrangers, il pourrait perturber une conspiration majeure.

Ironiquement, elle n'avait jamais découvert une telle conspiration, même lorsqu'elle avait été détective officielle.

Il entra dans l'une des pièces où un homme bien habillé regardait plusieurs femmes sucer des godes de différentes tailles.

Il a étudié attentivement les performances pour découvrir qui avait les meilleures capacités naturelles, sachant ainsi ce qu'il aurait à faire pour les améliorer.

Les femmes avaient les larmes aux yeux alors que le maquillage coulait sur leurs joues.

"C'est ton tour," dit l'homme après que la dernière femme eut fini. "Tu ressembles à une fille de 20 cm."

Juliette hocha la tête et accepta le défi.

"Il n'y a pas de problème"

L'homme n'était pas impressionné, comme s'il avait entendu ces mêmes mots des milliers de fois auparavant.

Il était clairement habitué à rencontrer des femmes désireuses d'escorter des personnalités médiatiques à succès et qui avaient beaucoup d'argent.

Juliette a pris le gode nonchalamment pour tenter de se fondre dans le groupe de travailleuses du sexe.

Ouvrant la bouche, il dévora le sextoy d'un seul coup.

Fermant les yeux, elle enroula ses lèvres autour du gode et suça si fort que ses joues s'enroulèrent autour du jouet en silicone.

A chaque passage, il le plongeait complètement dans sa gorge sans faire de bruit.

Elle ouvrit les yeux et tira le gode couvert de salive de sa gorge.

Oh oui, l'homme était content.

Il souriait.

«Talentueux», dit-il, cherchant un autre jouet. "Voyons comment tu fais avec un dix pouces."

Juliette a gardé son visage de poker.

Cela, elle le savait, était un grand risque.

Il s'étoufferait sûrement, mais il ne pouvait pas montrer de faiblesse.

Sa capacité à revenir en arrière et à terminer le travail dépendait de ce pénis en caoutchouc qui descendait dans sa gorge.

Après avoir échangé des godes, il retint son souffle en le mettant dans sa bouche.

Elle n'hésita pas, choisissant de rester aussi détendue que possible pour éviter de déclencher son réflexe nauséeux.

Il tenait le gode contre sa gorge.

Avant de pouvoir émettre un gargouillis désagréable, il sortit le gode de sa bouche et prit une profonde inspiration, conservant une attitude digne.

«Je veux le travail de demain», dit Juliette, se forçant à avoir l'air calme, même si elle aurait besoin de plus de temps pour bien respirer. "Mes pipes sont meilleures que n'importe quelle autre femme dans tout ce bâtiment."

Elle sentit les regards sales des autres escortes potentielles dans la pièce, mais elle avait des choses plus importantes en tête que ses sentiments.

L'homme hocha la tête.

« Avec une bouche comme celle-là, nous avons certainement une utilisation parfaite pour vous. Soyez ici à dix heures demain matin. Votre nom sera sur la liste.

"Merci," sourit-il.

Quand il a quitté la pièce, il a revu le grand agent de sécurité.

Cette fois, il semblait de bonne humeur.

"Je suis Adams, au fait", a déclaré le responsable de la sécurité. "J'ai vu ce que vous avez fait là-bas. Très, très impressionnant, mademoiselle. Vous êtes un package tout à fait parfait."

Elle se tenait à côté de lui.

"Je m'appelle Karen. Ajoutez-moi à votre liste. Je serai ici un peu tôt demain et je n'ai aucun problème avec quoi que ce soit."

Elle savait que son attitude impertinente ne faisait que faire en sorte que l'homme de la sécurité la désire encore plus.

Cette pensée le fit sourire.

CHAPITRE 5

Cette nuit-là, Juliette était nue dans son appartement, fraîchement sortie d'une douche chaude à grande vapeur.

Ce niveau de stress était quelque chose qu'elle avait vécu auparavant, mais avec l'implication de sa sœur, les enjeux étaient plus importants.

Il enroula une serviette autour de ses cheveux après avoir séché son corps.

Assise sur le lit, elle appela sa sœur, sûrement avide de nouvelles.

"Vous l'avez fait?" Barbara a immédiatement demandé, après avoir répondu à l'appel.

"Il y a eu des complications."

"Quoi!?"

Juliette pouvait entendre la peur dans la voix de sa sœur.

C'était parfaitement compréhensible, puisque sa sœur prévoyait de négocier un contrat avec un autre câblodistributeur dans quelques jours.

"Je ne peux pas encore l'expliquer," dit calmement Juliette. «Tu devras me faire confiance pour le moment. Je dois faire plus et je serai de retour demain.

Barbara haleta d'incrédulité.

"Pourquoi? Qu'est-ce que tu fous?"

"Détendez-vous. J'ai tout sous contrôle."

En regardant son reflet nu dans le miroir, Juliette a pris la pose avec le dos arqué et les jambes croisées.

Il enleva la serviette de sa tête, laissant ses cheveux partiellement peignés en arrière.

"Tu sais ce qui va se passer, non?" Demanda Barbara avec une réelle inquiétude. "Ils peuvent être un groupe difficile."

«J'espère éviter ça. J'ai vu comment ils t'ont utilisé.

Après un halètement de Barbara, il y eut un silence absolu sur le téléphone pendant plusieurs secondes, et Juliette garda les yeux fixés sur ses propres jambes.

Courir des kilomètres incalculables le long des sentiers extérieurs lui avait donné des jambes incroyables.

Barbara renifla.

"Il y a une raison pour laquelle nous ne parlons plus."

«Je sais, je n'aurais pas dû dire ça. J'ai eu une journée mouvementée et demain pourrait être pire.

"Ne faites rien de stupide".

"Nous mettrons fin à cette conversation demain pendant le dîner", a déclaré Juliette. "Je le promets. Mais pour le moment, je suis concentré sur quelque chose d'important."

Leur conversation s'est terminée en bons termes, puis il est retourné aux affaires.

Alors qu'elle était encore nue, Juliette est allée dans son tiroir et a trouvé son porte-jarretelles et ses bas préférés.

Il ne les avait pas utilisés depuis des années, il n'en avait plus jamais eu besoin après son ancien travail dans l'unité de Vice, travaillant sous couverture.

Elle s'est tenue devant le miroir et les a mis, glissant les bas au-dessus de ses pieds et les attachant aux porte-jarretelles autour du haut de ses cuisses.

Elle a posé pour le miroir.

D'après ses recherches, c'était le fétiche du patron.

Et c'était particulièrement évident sur ce réseau d'information, où la plupart des présentateurs de la journée étaient connus pour leurs jambes sexy et leurs robes courtes.

Regarder son reflet nu dans sa jarretière et ses bas lui a rappelé de bons souvenirs.

Elle savait utiliser ces sous-vêtements comme une arme.

Se souvenant des clubs qu'elle avait l'habitude de visiter, elle pensa aux relations sexuelles brutales et dégradantes qu'elle avait utilisées pour soulager le stress.

Ses doigts se sont déplacés vers le bas et elle a fermé les yeux en se touchant.

CHAPITRE 6

Juliette est revenue tôt le lendemain, vers neuf heures du matin, pour étudier la situation.

Cette fois, il évita sa sœur et leur inévitable discussion, qui ne serait qu'une distraction.

Elle s'est dirigée vers l'étage exécutif.

Comme la veille, ses cheveux et son maquillage étaient glamour, mais sa robe était un peu plus courte.

Ce n'était pas vraiment sordide ou inapproprié, mais c'était suffisant pour attirer un peu plus l'attention.

Il y avait une réunion d'affaires qui s'est terminée pendant que Juliette attendait dans le hall.

Elle cacha son embarras en bougeant ses jambes alors que les vieux cadres en costume d'affaires lui lançaient un rapide coup d'œil à l'approche de l'ascenseur.

Elle sourit simplement alors que les hommes poursuivaient leurs conversations.

En regardant au bout du couloir, il pouvait voir Stevens retourner à son bureau parce que Dieu sait combien de temps.

Elle avait tout planifié.

Le moment était venu pour le plan B.

Il a attendu que d'autres femmes se présentent au rendez-vous de dix heures.

Le grand agent de sécurité était là pour organiser les femmes avant l'heure de son spectacle.

Juliette croisa les jambes et tourna un pied, ce qui attira l'attention d'Adams.

Portant un petit sac avec son équipement électronique, elle se leva et se dirigea avec séduction vers le gardien de sécurité.

«Est-ce que le patron est là? elle a demandé.

«Stevens?

Juliette hocha la tête.

"Oui, puis-je lui parler seul?"

"Vous aurez bientôt votre chance," dit Adams, se moquant un peu. "Nous attendons que les autres filles se présentent. En plus, je connais ton talent spécial. Oui, avec une bouche comme la tienne, je suis sûr que ça te donnera une chance."

"En fait, j'ai une sorte de proposition commerciale. Je suis sûr que vous l'aimerez."

Juliette fit un geste vers le bas de ses jambes, et souleva discrètement le devant de sa petite robe pour révéler le porte-jarretelles et les bas.

«Délicieux», se moqua-t-il à nouveau. "Vous êtes un paquet incroyable. Vous avez une bouche délicieuse et de belles jambes. Cela me fait m'interroger sur vos autres talents."

"Ce sont les découvertes pour votre patron. Si nous arrivons à des conditions mutuellement avantageuses, qui sait, vous pourriez avoir une chance de me tester plus tard. Jusque-là, serez-vous un bon garçon et aurez cette réunion?"

Il hocha lentement la tête, regardant son corps dans le processus.

"Ouais, attendez."

Adams descendit le couloir et entra dans le bureau de Stevens.

La conversation fut brève et il revint rapidement.

Il y avait une faim sur son visage, qui semblait presque sinistre.

«Vous avez de la chance, Karen,» dit-il. "Le patron se souvient avoir entendu parler de vos exploits oraux hier et est ravi de discuter de propositions. De plus, je lui ai dit ce que vous aviez en bas. Alors, allez-y. Son bureau est là."

Elle fit un clin d'œil.

"Je vous remercie."

Juliette se dirigea vers la porte ouverte.

CHAPITRE 7

Ce serait la première fois qu'elle rencontrait Stevens et cela la rendait plus nerveuse que de tomber sur des criminels violents ou des arnaqueurs de rue.

Stevens était un homme d'un pouvoir et d'une influence profonds sur le système politique américain.

Un dieu dans le monde des médias.

Pire encore, si elle faisait une erreur, sa peau était en jeu, et dans ce cas, il n'y avait aucun soutien de la police pour l'aider.

Il entra dans le bureau pour voir Stevens, une silhouette imposante et imposante, debout derrière son bureau après avoir rangé quelques documents.

"Je peux fermer la porte?" elle a demandé.

Il la nargua.

"Je vous en prie. Certaines propositions commerciales restent confidentielles."

Juliette ferma la porte après avoir regardé dans le couloir et vu Adams lui faire un clin d'œil.

Désormais seule avec sa proie, elle a travaillé son charme.

"Vous êtes occupé alors je vais vous expliquer brièvement," dit-il d'une voix sexy. «Je sais ce que veulent des hommes comme toi. Pourquoi ne pas essayer le contraire? Un petit changement de rythme de temps en temps.

Stevens s'avança pour les réunir.

"Continuez. Qu'est-ce que votre offre impliquera exactement?"

"Femme dominante. Les hommes puissants adorent avoir des femmes, mais le contraire peut être une nouvelle expérience sexuelle.

Avez-vous déjà apprécié le plaisir de vous soumettre à une femme puissante? Être ligoté et entre les mains d'une femme dominante. Je suis sûr que beaucoup de vos amis et associés aimeront être apprivoisés par moi. Laissez-moi vous donner un avant-goût de ce que je peux faire. "

"Alors tu veux m'attacher?"

"Et vous bandez les yeux," ajouta-t-elle avec un sourire joyeux et un scintillement excitant dans ses yeux.

"Vous êtes la femme à la gorge profonde, non?" Demanda Stevens.

"Je le suis, et j'en suis fier."

"Pourquoi voudrais-je jouer au bondage alors que je peux prouver votre meilleur atout?"

Juliette haussa légèrement les épaules.

"Je suis sûr que vous avez une gorge profonde tous les jours. Pourquoi ne pas essayer mes autres compétences?"

"Un négociateur fort," acquiesça-t-il. "Les femmes exécutives pourraient vraiment apprendre de vous. Vous êtes intelligente, féroce et sexy comme l'enfer. Mon genre de femme."

Elle fit un clin d'œil.

"Je vous remercie."

«Avez-vous été dans ce métier depuis longtemps?»

"Quelques années. C'est un peu mon travail secondaire."

"Quel est votre travail à plein temps?" Je demande.

"Disons que je suis un geek de la technologie et que je suis mortel sur un ordinateur. Mais je n'aime pas parler de ma vie personnelle."

Stevens a montré un sourire vicieux.

Beaucoup d'hommes affirment aimer les femmes intelligentes, mais pour lui, c'était vrai.

Juliette savait que c'était un jeu dangereux et que les enjeux augmentaient.

"Cela me semble bien," dit-il avec confiance. «J'ai besoin de toi. Je te laisse faire ce que tu veux avec moi; attache-moi, bandeau-moi les yeux, baise-moi. Peu importe.

Juliette réprima son propre sourire et garda son sang-froid suprême.

Elle était experte en nœuds et Stevens serait bientôt impuissante en copiant son disque avant de le détruire complètement.

«Commençons», dit-elle. "Je vais utiliser le ..."

"Pas si vite. Prends ta robe. Montre-moi ton porte-jarretelles. J'ai entendu de très belles choses sur ce à quoi il te ressemble."

Sans hésitation, Juliette souleva le devant de sa robe pour révéler ses bas parfaits couvrant les cuisses et sa culotte en dentelle.

Malgré la situation compliquée dans laquelle elle se trouvait, cela lui faisait du bien d'être désirée de cette façon.

"Tu aimes ce que tu vois?" Il a demandé en secouant ses hanches.

Stevens serra la mâchoire.

"Oui, je vais vous embaucher. Mais d'abord vous devrez suivre mes règles."

"Et comment cela fonctionnerait-il?"

Juliette savait exactement ce que cet homme suggérait.

La peur glissa le long de sa colonne vertébrale, mais elle refusa de broncher.

«Sois ma poupée suceuse pendant un moment», sourit-elle. «Je meurs d'envie de goûter tes lèvres et ta gorge. Tu es parfait pour ma bite avec ces jolis yeux bleus qui me regardent. Je prendrai plaisir à te regarder et à te frotter les cheveux pendant que tu manges ma bite.

À cause de la situation dans laquelle Juliette se trouvait, sa chatte se serra et commença à s'agiter.

Cela faisait un moment qu'aucun homme ne l'avait maltraitée comme ça.

Pouvait-elle vraiment le faire avec l'homme qui faisait du chantage à sa sœur?

Un homme qui avait orchestré le dossier odieux des vidéos secrètement enregistrées?

Personne n'aurait à le savoir.

Comme d'habitude, le côté le plus dangereux de Juliette a gagné.

Il l'a toujours fait.

Sa tendance à vivre de manière imprudente était la principale raison pour laquelle il ne s'entendait jamais avec la plupart de sa famille.

Elle acquiesça.

"Pas de jeux. Pas de bêtises. Si je vous laisse baiser ma bouche, alors je vous attacherai et vous donnerai un avant-goût de la vraie domination féminine. Si vous aimez mes services, vous pouvez m'engager pour vous et vos amis. Avons-nous un accord?"

«Vous êtes le négociateur le plus dur que j'aie jamais rencontré», dit-elle avant de rire. "Bien sûr, nous verrons ce qui nous vient à l'esprit."

Lorsque le patron a ouvert un tiroir à proximité, Juliette a vu une variété de jouets sexuels d'apparence familière.

C'était une collection impressionnante d'appareils utilisés pour le contrôle sexuel et la soumission.

Stevens a pris un collier avec le mot «FOX» inscrit sur le cuir et attaché à une sangle.

Naturellement, il se demanda s'il s'agissait du même collier que celui de sa sœur.

Cette pensée était difficile à digérer.

«En avez-vous déjà utilisé un? demanda-t-il en le tenant comme une couronne.

"J'en ai un de ceux-là."

"Alors? Vous l'avez aimé?"

«Cela fait des années», admit-il. «Mais ouais, elle aimait être portée au collier comme un chaton.

"Bon minou. Je vais adorer ça. Maintenant, mets-toi à genoux."

Juliette posa son sac à main sur la table et se laissa tomber à genoux, espérant qu'une seule pipe était tout ce qui lui serait demandé.

Mais après avoir traité de nombreux hommes comme celui-ci, cela semblait peu probable.

Au moins personne ne le découvrirait jamais, se rappela-t-il.

Levant le menton, elle permit à Stevens de resserrer le collier autour de son cou.

La pression incessante autour de sa gorge déchaîna des centres de plaisir qu'elle n'avait pas remarqués depuis longtemps.

Comme si c'était un signal, sa chatte se serra.

Levant les yeux de ses genoux, et avant que sa queue ne soit poussée dans sa bouche, Juliette remarqua une hésitation dans les yeux de Stevens.

«Tu sais, il y a quelque chose en toi qui m'est familier. Je ne peux pas l'identifier.

Elle le fixa courageusement et pria pour qu'il ne découvre pas son identité.

À bien des égards, Juliette et Barbara se ressemblaient, partageant plusieurs des mêmes traits du visage.

Brièvement, elle se demanda si elle aurait dû teindre ses cheveux d'une nuance plus foncée de blonde.

«Je regarde votre réseau d'information», répondit-elle. "Vous vous entourez de belles femmes toute la journée. Je suis sûr que tout finit par se mélanger."

Il sourit, puis rit.

"Tu as raison. Maintenant ouvre grand la bouche, ma sale salope."

Dans un mouvement très fluide, Stevens lâcha sa bite, qui était déjà dure comme de la pierre.

Juliette tressaillit lorsqu'elle réalisa que ce serait la première fois qu'elle sucerait un homme en travaillant.

Croyant qu'il n'y aurait aucun moyen qu'elle puisse profiter de cette fellation, elle se prépara mentalement à recevoir sa bite dans sa bouche.

Sans attendre une entrée gracieuse, elle était préparée à ce qui allait suivre.

Au moment où Juliette ouvrit la bouche, Stevens tira sur la sangle et enfonça ses hanches.

En une fraction de seconde, la bouche de Juliette était remplie de la chair dure de l'homme et l'entrée de sa trachée était presque obstruée.

Il avait un goût et une sensation comme n'importe quel autre coq, mais ce n'était pas le cas.

Pendant leurs années d'université, Juliette et Barbara se disputaient fréquemment pour les garçons, mais elles n'étaient jamais avec le même garçon sexuellement.

Et maintenant, il avalait une bite que sa sœur avait régulièrement sucée et baisée.

Et la plus grande ironie était qu'il faisait cela au nom de sa sœur.

Le poussant dans et hors de sa gorge, Stevens a claqué sa bite avec une grande force.

Si elle n'avait pas été aussi coincée, elle aurait peut-être eu du mal à rester debout.

Mais, il s'est vite installé sur un rythme prévisible qui lui a permis de respirer et de rester debout.

Juliette se demanda naturellement qui Stevens qualifierait le meilleur enculé.

Elle l'avait vu baiser la bouche de sa sœur dans la vidéo et avait remarqué qu'il était très contrôlé, même pendant l'orgasme.

Se demandant s'il serait possible de rompre sa posture impassible, Juliette a commencé à participer activement en tournant sa langue autour du bout de son pénis alors qu'il entrait et sortait de sa bouche.

Il n'y aurait aucun mal à essayer d'obtenir une augmentation de plaisir de sa part et Juliette était à peu près sûre qu'elle avait la capacité de le faire.

Momentanément, elle était en conflit.

Elle ressentit une pointe de culpabilité à l'idée d'essayer de plaire davantage à Stevens, qui ne méritait sûrement pas une seconde de son temps.

Cependant, Juliette avait tendance à être compétitive et a décidé d'accepter le défi qu'elle s'était fixé.

Dans sa position de succion de bite soumise, elle détendit complètement sa mâchoire et se mit au travail.

Penchant la tête en arrière, un truc qu'elle a appris d'une prostituée, elle a pu l'accueillir pleinement.

Ses mouvements étaient très limités, littéralement, en la tenant en laisse courte.

Mais cela n'avait pas d'importance.

Chaque fois qu'il fourrait sa bite dans sa bouche, elle le suçait avec la pression parfaite.

Levant les yeux, il remarqua que Stevens restait concentré.

Quand il se retira, sa langue dansa autour du bout de sa queue, essayant de capturer tout précum qui avait été produit.

L'homme est resté stoïque.

Elle fit un bourdonnement dans sa gorge, ce qui fit finalement sourire Stevens.

Le travail de sa bouche a continué.

Elle regarda la tête de Stevens sursauter alors qu'il gémissait de plus en plus.

Juliette ne l'avait même pas vu faire ça à sa sœur.

Si c'était une compétition, elle gagnait.

C'était plus facile que prévu, et à ce rythme, il aurait ligoté le patron en quelques minutes.

Son optimisme grandissant a été gâché par un coup à la porte.

Elle essaya de s'écarter, mais le patron tira sur la sangle, gardant sa bouche pleine de sa queue.

"Juste à temps," sourit Stevens. "J'ai dit à Adams de revenir. Il m'aide avec beaucoup de transactions et aide à sélectionner des partenaires commerciaux potentiels."

La porte s'ouvrit et Juliette réussit à tourner suffisamment la tête pour voir le grand agent de sécurité entrer dans la pièce.

Adams sourit largement, après tout, son rêve était sur le point de se réaliser.

CHAPITRE 8

Stevens toucha doucement la joue de Juliette.

"Regarde-moi. Tu peux t'arrêter quand tu veux. Touche juste. Crie. Dis quelque chose. Ensuite, tu sortiras. Acquiesce si tu comprends."

Juliette a réussi à hocher la tête, même avec sa bite coincée dans sa bouche.

"Bien," répondit-il. « Adams, enlève ses vêtements.

"Avec plaisir, patron," dit le responsable de la sécurité d'un ton glaçant.

La porte se ferma, et quand Adams se tint derrière elle, Juliette sentit le devant de sa robe tomber jusqu'à sa taille.

De grandes mains lui caressaient le dos avant de décompresser son soutien-gorge et de libérer ses seins espiègles.

Le corps de Juliette a répondu, comme toujours, au traitement brutal.

Bien qu'il ait choisi de s'éloigner de ce style de vie, cela ressemblait à un retour à la maison.

Ses mamelons roses se durcirent avant même que les doigts épais d'Adam ne les agrippent.

Cela la fit rougir.

Alors que la bite était toujours logée dans sa gorge, le grand homme souleva Juliette du sol pour qu'elle puisse retirer la robe de dessous elle.

Ses jarretières et sa culotte ont été déchirées et jetées de côté.

Puis il lui enleva les talons et lui arracha ses bas.

Elle était nue.

Enfoncer nu.

De la tête aux pieds, sauf pour le collier autour de son cou.

La chose la plus intelligente à faire était d'en profiter.

Il devrait admettre sa défaite et repartir avec ce qui restait de sa dignité.

Mais Juliette était têtue, ce qui était un trait de famille.

Et d'une manière étrange, c'était sa façon d'aider à trouver justice pour tous avec les dossiers de chantage de Stevens.

C'était aussi sa façon de corriger les erreurs qu'elle avait commises dans sa vie: en tant qu'ancienne détective de police et en tant que sœur cadette.

Une forme d'expiation.

Il est vrai que la peur et l'angoisse qu'elle éprouvait d'être nue, à la merci de deux grands inconnus, l'excitaient.

Avec une bite déjà dans sa bouche, elle se demanda ce qui se passerait alors que sa chatte dégoulinait de liquide sur le sol.

Stevens a repris l'assaut sur sa gorge.

Sa bouche était trop étirée et sa mâchoire lui faisait mal à cause des mouvements agressifs.

Cependant, elle a gardé ses dents loin de sa bite, grâce à des années d'expérience.

Après quelques coups de plus, Stevens poussa sur sa queue pendant plusieurs secondes.

Bien que incapable de respirer, Juliette est restée calme.

Heureusement, Stevens a sorti sa bite et Juliette a eu le souffle coupé.

«Vous êtes une femme qui travaille maintenant, non? Demanda Stevens, comme si cela s'était transformé en interrogatoire. "Personne ne vous a mis dedans? Vous êtes ici seule, en tant que femme d'affaires, n'est-ce pas?"

Juliette prit une profonde inspiration et gargouilla, de la salive coulant sur son menton.

"Est-ce que je suce une bite comme un putain de flic ou quelque chose comme ça ?"

"Je n'ai jamais dit que tu étais flic. Je demande juste."

Il cracha pour ne pas s'étouffer.

"Je suis une putain de femme d'affaires."

"Ok alors. Adams, va travailler sur sa chatte. Je vais prendre soin de sa bouche. On verra si elle se brise."

Ils l'ont tirée par la laisse et ont forcé Juliette à ramper vers le canapé comme un chien.

Stevens s'installa, un genou sur le canapé et une jambe sur le sol.

Il tapota le coussin et Juliette monta sur le canapé.

Il était à quatre pattes, entre ses jambes et devant lui.

Gardant un contact visuel avec le patron, elle entendit Adams se déshabiller et se tenir derrière elle.

Presque aussitôt, les grosses mains de l'agent de sécurité lui écarta les fesses et Juliette sut qu'il regardait bien sa chatte et son anus humides.

Alors qu'elle attendait anxieusement, elle garda un visage calme pour que Stevens continue à penser qu'elle était une vraie prostituée.

Mais quand les doigts d'Adams ont commencé à sonder sa chatte, elle a haleté.

"Finis de sucer ma bite," ordonna Stevens. "Vous le faites très bien".

Alors qu'elle se détendait au rythme de la bite de Stevens entrant et sortant de sa bouche, elle se demanda quelle était la taille d'un paquet d'Adams.

L'élément de l'inconnu l'a toujours attirée.

Adams est devenu plus insistant et curieux, insérant deux doigts épais dans sa chatte.

"Merde, elle est serrée pour une pute," marmonna-t-il, presque pour lui-même.

Le chef sourit.

« Alors baise-la déjà.

Juliette sentit Adams retirer ses doigts et les remplacer par la tête de sa queue.

Elle essaya de se faire une idée de la taille et fut dûment impressionnée.

C'était définitivement beaucoup plus gros que Stevens et elle se concentrait complètement sur sa chatte, bien que Stevens ait continué à lui percer la bouche.

L'entrée d'Adams dans son trou dans le besoin était plus prévenante qu'il ne s'y attendait.

Poussant contre son bassin, l'homme de sécurité s'avança avec la tête de sa queue et continua à pousser, pouce par pouce, sa longue et épaisse bite.

Juste au moment où Juliette pensait qu'elle n'en pouvait plus, Adams se pencha en avant et la poussa complètement.

Elle se figea momentanément en s'adaptant à son érection massive puis reprit ses manipulations orales sur Stevens.

Alors qu'Adams commençait à entrer et à sortir de sa chatte très stimulée, elle ressentit un sentiment d'appartenance.

"Je peux le sentir s'étirer," grogna Adams.

« Tu devrais essayer sa gorge la prochaine fois. Je suis sûr que le Conseil l'aimera. Je vais la mettre sous la table à chaque réunion. C'est là qu'elle appartient. À genoux.

Dans le passé, Juliette avait connu de nombreux actes sexuels dépravés.

Mais être pris au piège entre deux hommes, puissants de tant de manières différentes, était le plus excitant.

Il n'y avait aucun doute, elle était dominée et elle aimait chaque seconde détournée de la situation alors que des larmes de tension coulaient sur son visage.

S'il était libre de partir à tout moment, il trouvait ce syndicat non conventionnel irrésistible.

Les deux hommes l'utilisaient pour leur propre plaisir, et en conséquence, Juliette sentit son corps se tendre, se préparant à se libérer.

Les mouvements de la bite de Stevens devinrent plus frénétiques et elle savait qu'il était proche aussi.

Pendant ce temps, Adams passait un bon moment avec sa chatte.

Frapper de plus en plus fort.

Ses coups devinrent plus intenses et urgents alors que ses doigts s'enfonçaient profondément dans ses hanches.

Le doux frottement de sa bite entrant et sortant de son tunnel l'amenait rapidement à un point culminant vertigineux et humide.

Soudain, elle se cassa et sentit sa chatte se contracter contre l'épais poteau alors qu'il l'empalait.

Des spasmes secouaient son corps alors qu'elle essayait de gémir, mais elle était étouffée par la bite logée dans sa bouche.

"Putain ouais salope. Viens ma bite," grogna Adams.

Juliette était à la fois honteuse et ravie.

Il portait confortablement cette cape émotionnelle.

Cela faisait longtemps qu'elle n'avait pas connu un orgasme aussi puissant et elle savait qu'il serait difficile de s'éloigner de ce plaisir incroyable une fois de plus.

À la fin, elle a fait un gros désordre mouillé sur le canapé en cuir et le sol à cause du jet dur qu'elle a expulsé.

Elle était sûre que personne ne s'en soucierait, sauf celui qui était chargé de nettoyer le bureau.

Stevens a bégayé:

«Je vais tirer ma charge dans sa bouche. Adams, tu es prêt?

"J'étais prêt pour ça depuis le moment où je l'ai rencontrée."

Les deux hommes ont sorti leurs bites du corps usagé de Juliette et l'ont retournée pour leur faire face en se tenant devant elle.

Juliette rejeta la tête en arrière, ouvrant la bouche, tandis que les deux hommes se caressaient jusqu'à ce qu'ils éjaculent.

Les jets salés des deux hommes ont commencé à couvrir sa langue, sa bouche et sa gorge.

Le giclement semblait sans fin.

D'une manière ou d'une autre, il a réussi à avaler les charges alors que l'inondation continuait.

Elle était étonnée de ne pas avoir vomi.

Quand les orgasmes des hommes furent terminés, Juliette s'effondra sur le sol dans un état de stupeur rempli de sperme.

Il haleta à travers sa bouche couverte de sperme et lutta pour se rappeler exactement pourquoi il était là.

Les deux hommes se tenaient au-dessus d'elle, leurs bites mouillées et molles pendantes.

À ce moment, il pouvait à peine comprendre ses paroles, ou qui disait quoi.

"Quelle merde merveilleuse. C'est une vraie enculée."

"La meilleure chatte que j'ai eue depuis longtemps. Et elle a un beau cul. On dirait que je pourrais avoir un poste de présentateur de nouvelles ici."

L'esprit de Juliette flottait dans son brouillard post-orgasmique, pensant à sa sœur et au véritable but de sa visite.

Il regarda les hommes regarder leurs corps nus et leurs mamelons roses, ainsi que la sueur sur leur poitrine et leur front.

Stevens se pencha pour retirer la sangle, puis il put à nouveau respirer confortablement.

CHAPITRE 9

À sa grande surprise, Stevens a tenu parole.

Ils étaient tous les deux complètement nus dans le bureau et elle l'avait complètement immobilisé.

Experte en nœuds, elle savait maîtriser un gros type.

Après lui avoir bandé les yeux, elle fourra sa culotte déchirée dans sa bouche.

Nue, elle attrapa son sac et courut vers le bureau.

Il a sorti un de ses téléphones et l'a branché sur le serveur.

Lorsqu'il eut accès au disque, il remarqua que toutes les caméras secrètes étaient actives et enregistraient.

Il a accédé à la caméra dans le même bureau et a rembobiné les images qu'elle avait enregistrées.

Juliette s'est vue dans une vidéo en train de sucer et de sucer, tout en étant contrôlée par une sangle.

Elle a accéléré un peu plus la vidéo et s'est vue se faire baiser par derrière en suçant la bite de Stevens.

C'était un peu embarrassant de se voir prise en sandwich et baisée par ces deux grands hommes dominants.

«Connard,» marmonna-t-il.

Il réalisa que le temps était compté quand il entendit Stevens crier à travers le bâillon.

Même les yeux bandés, il s'est rendu compte que le chef savait ce qui se passait et ce qui arrivait à l'unité.

Après avoir fait une copie numérique de tout, il a branché son autre téléphone et est resté là pendant une minute pendant que tout le disque dur était complètement détruit.

Son travail était terminé.

Tout ce qu'il avait à faire était de s'échapper, mais il ne pouvait s'empêcher de jeter un dernier coup d'œil à ce maître chanteur.

Elle se tourna vers Stevens.

À ce stade, elle avait l'habitude d'être nue dans le bureau et se pencha pour lui tapoter l'épaule.

"Merci pour la baise torride," dit-il à son oreille. «Ne t'inquiète pas, je vais laisser la porte légèrement ouverte pour que quelqu'un puisse te trouver. D'ici là, je serai parti et tu ne me reverras plus jamais. Et pour mémoire, cela en valait la peine.

Après l'avoir embrassé sur le front et l'avoir vu se battre de toutes ses forces, Juliette enfila la robe.

Elle a mis ses talons et s'est précipitée hors du bureau.

Bien que chancelante, elle s'est échappée sans problème.

ÉPILOGUE

Alors qu'il était déjà loin du bâtiment et qu'il marchait dans la rue animée de la ville, il réalisa que son souffle puait le sperme.

Deux charges géantes feraient ça à n'importe quelle fille.

Mais serrant fermement son sac, elle réalisa qu'elle avait rendu un grand service public.

Bien que ce fût une pensée satisfaisante, il ne pouvait pas nier que la lueur chaleureuse de cette rencontre sexuelle avait été très surprenante.

Il était peut-être temps de dépoussiérer son équipement et de retourner dans les clubs de sexe rugueux pour se défouler.

FIN

65

www.ingramcontent.com/pod-product-compliance
Lightning Source LLC
Chambersburg PA
CBHW051824130726

47987CB00003B/1394